Vente des Lundi 12 et Mardi 13 Novembre 1877,

HOTEL DROUOT, SALLE Nº 8.

OBJETS DE L'ORIENT

BELLES ÉTOFFES

Appartenant à M. ***

EXPOSITION PUBLIQUE : le Dimanche 11 Novembre 1877

<table>
<tr><td>COMMISSAIRE-PRISEUR
Mᵉ CHARLES PILLET,
10, rue de la Grange-Batelière.</td><td>EXPERT
M. CHARLES MANNHEIM
7, rue Saint-Georges.</td></tr>
</table>

CATALOGUE

DES

OBJETS DE L'ORIENT

ARMES — CUIVRES — COFFRETS — TABLES

FAIENCES — BRODERIES — ÉTOFFES

TAPIS

Appartenant à M. ***

ET DONT LA VENTE AURA LIEU

HOTEL DROUOT, SALLE N° 8

Les Lundi 12 et Mardi 13 Novembre 1877

A DEUX HEURES.

Par le ministère de M° CHARLES PILLET, Commissaire-Priseur
10, rue de la Grange-Batelière,

Assisté de M. CHARLES MANNHEIM, Expert, 7, rue Saint-Georges

Chez lesquels se trouve le présent catalogue.

EXPOSITION PUBLIQUE : Le Dimanche 11 Novembre 1877
De une heure à cinq heures.

CONDITIONS DE LA VENTE

Elle sera faite au comptant.

Les adjudicateurs payeront en sus des adjudications *cinq pour cent* en sus applicables aux frais.

L'exposition mettant le public à même de se rendre compte de l'état des objets, il ne sera admis aucune réclamation une fois l'adjudication prononcée.

Paris. — Imp. de Pillet et Dumoulin, 5, rue des Grands-Augustins.

DÉSIGNATION DES OBJETS

1-7 — Sept cuillers en nacre et écaille.

8-10 — Trois têtes de chibouk arabes.

11-14 — Quatre porte-cigarettes écaille, émail et ambre.

15-17 — Trois paires de ciseaux turcs à décors d'or et d'argent.

18-22 — Cinq poignards dont un à manche en ivoire sculpté, un autre damasquiné.

23 — Petit kandjar à lame en damas.

24-28 — Quatre poignards turcs et un stylet.

29 — Poudrière ancienne gravée.

30-31 — Deux couteaux à décor argent.

32-39 — Huit kandjars ou poignards variés de formes.

40-45 — Six couteaux circassiens et autres, l'un d'eux avec manche orné de coraux.

46-48 — Deux yatagans turcs et un sabre circassien.

49-53 — Cinq yatagans albanais.

54 — Yatagan turc damasquiné argent.

55 — Masse d'armes circassienne damasquinée.

56-57 — Deux pièces : 1° gratte-dos ; 2° lance circassienne à deux pointes.

58 — Yatagan janissaire niellé, argent.

59 63 — Cinq yatagans de Zeibeks (Asie Mineure).

64 — Yatagan turc, niellé argent.

65-71 — Sept fusils turcs anciens.

72 — Chibouk de la Mecque composé de trois pièces.

73 — Ecritoire turque.

74-75 — Deux ceintures circassiennes.

76-79 — Quatre tentures de Karamanie.

80-90 — Onze tentures ou portières de l'île de Crète.

91-92 — Deux tapis persans.

93-97 — Cinq tapis de Koula.

98 — Porte-papier Zeibeiks.

99 — Défenses de sanglier.

100 — Plaque gréco-russe en bronze provenant de fouilles.

101-152 — Cinquante-deux serviettes ou écharpes turques, persanes, arméniennes et autres brodées or et soies de couleur.

153-156 — Quatre yashmack turcs ou d'Asie Mineure, brodés or et couleur.

157-169 — Treize cravates turques brodées or, couleur et soie blanche.

170-173 — Quatre serviettes turques brodées, or et couleur, très-riches.

174 — Très-beau pantalon de femme turque, brodé or et couleur.

175-184 — Dix serviettes turques, brodées or et couleur, belle qualité.

185-186 — Deux grandes nappes de table, brodées or et couleur.

187-189 — Deux serviettes pour plateaux et une écharpe brodées or et couleur.

190-191 — Deux nappes turques anciennes brodées or et couleur.

192 — Belle serviette de toilette du sultan Mahmoud brodée or et couleur.

193 — Petite nappe brodée or et couleur. Travail très-fin.

194-195 — Deux morceaux d'étoffe turque brodés or et couleur.

196-197 — Deux serviettes turques, brodées en soie de couleur et or.

198 — Dessus de table, brodé or et couleur.

199 — Serviette de toilette brodée or et couleur.

200 — Ancien dessus de table, brodé or et couleur.

201-207 — Sept serviettes à plateaux brodées.

208-212 — Cinq morceaux d'ancienne broderie de Rhodes, à dessins de soie groseille sur toile blanche.

213-214 — Deux dessus de table turcs en cachemire, brodé or.

215-220 — Six morceaux en feutre blanc, brodés or et couleur.

221-224 — Quatre morceaux d'étoffe ancienne brodée.

225 — Petit tapis brodé or, argent et couleur.

226-233 — Huit morceaux d'étoffe ancienne, variés de décors.

234 — Dessus de table ronde en cachemire des Indes, brodé or et couleur.

235-237 — Trois morceaux d'étoffe, brodée.

238 — Tapis de table en broderie de Rhodes.

239 — Morceau d'étoffe turque pour chaise.

240-244 — Cinq aumônières turques, brodées or.

245-246 — Deux morceaux cachemire des Indes, brodé.

247 — Aumônière de sultane portant un chiffre.

248-260 — Treize morceaux d'étoffe d'Asie Mineure, brodés.

261-264 — Quatre vestes de femmes turques, brodées argent.

265 — Un caftan noir arabe.

266 — Un bonnet Tcherkess.

267 — Costume complet de Zeibeiks.

268-271 — Quatre caftans turcs, dont un très-riche.

272 — Morceau d'étoffe turque, brodé or et couleur.

273 — Ceinture de janissaire en soie or, argent et couleurs.

274 — Ceinture ancienne or et couleurs.

275-276 — Deux anciennes robes turques.

277-283 — Sept morceaux de cachemire persan.

284 — Tapis grec jaune et bleu.

285-289 — Cinq tapis de table, brodés de travail turc ou persan.

290-291 — Deux pistolets revolvers égyptiens.

292-294 — Deux pistolets incrustés et une escopette de Trébizonde.

295-297 — Trois lampes anciennes en cuivre.

298-300 — Trois lanternes turques, en cuivre.

301 — Brûle-parfums en cuivre gravé.

302 — Tête de chibouk en bois d'aloës et d'argent.

303 — Miroir de Jérusalem.

304 — Têtière de cheval arabe.

305-306 — Deux services turcs à café ; l'un émaillé sur cuivre, l'autre en métal blanc.

307-313 — Divers bijoux, dont deux bagues et trois boucles de ceinture.

314-318 — Diverses statuettes en bronze, trouvées dans des fouilles.

319 — Coffret en bois sculpté, travail très-ancien.

320-322 — Trois bidons en étain.

323 — Deux sandales juives, incrustées de nacre.

324 — Coupe de derviche.

325 — Guitare turque.

326-328 — Trois tasses de derviche.

329-330 — Deux bouteilles en vieux bohême gravé.

331-332 — Deux plateaux en cuivre, l'un d'eux gravé, l'autre repoussé.

333 — Deux agrafes anciennes.

334 — Lot de monnaies.

335-337 — Trois boîtes à poudre.

338 — Huit tasses japonaises.

339 — Sept boucles de ceintures de Jérusalem.

340-346 — Sept coffres turcs, incrustés de nacre et d'écaille.

347-358 — Douze tables turques, incrustées de nacre, d'ivoire et d'écaille.

359-360 — Deux kioukiou en bois sculpté, l'un d'eux doré.

361-375 — Trente plats en faïence de Rhodes, à décors variés.